¡LA SEÑORITA NELSON HA DESAPARECIDO!

HARRY ALLARD
JAMES MARSHALL

traducido por Yanitzia Canetti

HOUGHTON MIFFLIN COMPANY BOSTON

Para mi hermana Jacqueline

—H.A.

Para Nedd Takahashi

—J.M.

Library of Congress Cataloging-in-Publication Data

Allard, Harry.
    Miss Nelson is missing!
    Summary: The kids in Room 207 take advantage of
their teacher's good nature until she disappears and they
are faced with a vile substitute.
    [1. School stories. 2. Behavior—Fiction.]
I. Marshall, James, ill. II. Title.
PZ7.A413Mi   [E]   76-55918

    Spanish RNF ISBN 0-395-90009-3
    Spanish PAP ISBN 0-395-90008-5
    English RNF ISBN 0-395-25296-2
    English PAP ISBN 0-395-40146-1

Manufactured in China

SCP 25 24 23 22 21

4500709957

Los niños del salón 207 se estaban portando mal otra vez.

Pegaban bolitas de papel mascado al techo.

Zumbaban aviones de papel por el aire.

Eran los que peor se portaban en toda la escuela.

—Tranquilícense ya —les dijo la señorita Nelson con voz dulce.

Pero ellos no se tranquilizaban.

Secreteaban y se reían.

Se movían en sus asientos y hacían muecas.

Se comportaban incluso groseros a la hora del cuento.

Y siempre se rehusaban a hacer sus tareas.

—Habrá que hacer algo —se dijo la señorita Nelson.

A la mañana siguiente, la señorita Nelson no vino a la escuela.

—¡Viva! —gritaron los chicos—. ¡Ahora sí que podemos divertirnos!

Comenzaron a hacer más bolitas de papel mascado y más aviones de papel.

—¡Tenemos todo el día para ser terribles! —dijeron.

—¡No tan de prisa! —gruñó una voz desagradable.

  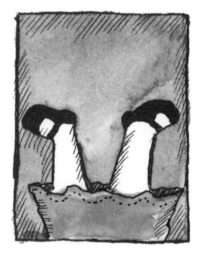

Una mujer con un espantoso vestido negro apareció ante ellos.

—Soy su nueva maestra, la señorita Lola Pantano —y golpeó el escritorio con su regla.

—¿Dónde está la señorita Nelson? —preguntaron los chicos.

—¡Y eso qué importa! —dijo bruscamente la señorita Pantano—. ¡Abran sus libros de matemáticas!

Los niños de la señorita Nelson obedecieron al instante.

TAREAS POR HACER:
1. MATEMÁTICAS
2. POEMAS
3. INGLÉS
4. HISTORIA
5. GEOGRAFÍA

Veían que la señorita Pantano era una verdadera bruja.

Y hablaba en serio.

Ella los puso a trabajar de inmediato.

Y los cargó de tareas para la casa.

—No tendremos hora de cuento hoy —dijo la señorita Pantano.

—Mantengan la boca cerrada —dijo la señorita Pantano.

—Quédense completamente quietos —dijo la señorita Pantano.

—Y si se portan mal, les va a pesar —dijo la señorita Pantano.

Los niños del salón 207 nunca habían trabajado tan duro.

Los días pasaban y no había señales de la señorita Nelson.

¡Los chicos la echaban de menos!

—Tal vez deberíamos tratar de encontrarla —dijeron.

Algunos fueron a la policía.

El detective Humillo fue asignado para el caso.

Él escuchó sus historias

y se rascó la barbilla.

—Mmmmm —dijo—. Mmmmm.

Creo que la señorita Nelson

ha desaparecido.

Por lo visto, el detective

Humillo no les sería

de mucha ayuda.

Otros chicos fueron a la casa de la señorita Nelson.

Las persianas estaban completamente corridas hasta abajo,
y nadie respondió a la puerta.

De hecho, la única persona que sí vieron fue a la malvada
señorita Lola Pantano, que venía por la esquina.

—Si nos ve, nos dará más tareas.

Y huyeron justo a tiempo.

¡Quizás le ocurrió algo terrible a la señorita Nelson!

—¡Tal vez se la tragó un tiburón! —dijo uno de los niños.

Pero eso no parecía probable.

TIBURONES
(muy antipáticos)

SHARKS
(VERY UNPLEASANT)

—¡Tal vez la señorita Nelson fue a Marte! —dijo otro niño.
Pero eso tampoco parecía probable.

—¡Ya sé! —exclamó una sabelotodo—. ¡Tal vez el carro de la señorita Nelson se lo llevó un enjambre de mariposas furiosas! Pero eso era lo menos probable de todo.

Los niños del salón 207 estaban muy desalentados.

Parecía que la señorita Nelson no volvería nunca más.

Y ellos tendrían que quedarse con la señorita Lola Pantano para siempre.

De pronto, escucharon unos pasos en el corredor.

—Ahí viene la bruja —susurraron los niños.

—Hola, chicos —dijo alguien con una dulce voz.

LA CAPITAL de INGLATERRA es LONDRES.
LA CAPITAL de SUECIA es ESTOCOLMO.
LA CAPITAL de JAPÓN es TOKIO.
LA CAPITAL de ITALIA es ROMA.
LA CAPITAL de GRECIA es ATENAS.
LA CAPITAL de CHINA es PEKÍN.
LA CAPITAL de DINAMARCA es COPENHAGUE.

¡Era la señorita Nelson!

—¿Me extrañaron? —les preguntó.

—¡Claro que sí! —gritaron todos los niños—.
¿Dónde estaba?

—Ése es mi pequeño secreto —dijo la señorita Nelson—.
¿Qué tal si empezamos la hora del cuento?

—¡Sí, sí! —gritaron los niños.

La señorita Nelson notó que durante la hora del cuento
nadie fue grosero ni se hizo el payaso.

—¿Qué los ha hecho cambiar tan maravillosamente? —les
preguntó.

—Ése es nuestro pequeño secreto —dijeron los chicos.

De vuelta a casa, la señorita Nelson se quitó su abrigo y lo colgó en el armario (justo al lado de un espantoso vestido negro). Cuando llegó la hora de dormir, ella cantó una cancioncilla. "Nunca lo diré", se dijo a sí misma con una sonrisa.

P.D. El detective Humillo está trabajando en un nuevo caso.
Ahora está buscando a la señorita Lola Pantano.